KB147054

좋은 말만 하기 운동 본부

이영주

좋은 말만 하기 운동 본부

이영주

PIN

046

차례

PIN

046

좋은 말만 하기 운동 본부

이영주

시

물속

성산중학교 담벼락에는 그 이름이 새겨져 있다
폭우가 쏟아지던 날 내가 물로 새긴 것이다

술 취한 광인들이 서로를 붙잡고
담벼락 안으로 사라질 때도
그것은 지워지지 않았지

물로 쓰면 그렇지
아무것도 지워지지 않고 남지 않지

새벽에는
광인들이 떠내려가는 물속으로 들어가
젖은 날개를 깊게 담갔다

물속에서 잠들면 그런 것이다

한번 젖은 것은 더 이상 젖지 않게 된다

성산중학교 담벼락에서
나는 내 물속 시간을 새겼다
폭우가 오지 않아도 울 수 있도록

구름 깃털 베개

부드러운 광기로 가득 차 있어. 깃털 같은 광기. 아버지는 한동안 베개를 만들었는데 하얀 솜이 아버지라고 생각하니 내 마음에 깃털이 돋았지. 아버지, 인공 구름을 끌고 온 자. 인공 구름으로 가득한 베개를 베고 잠이 든다는 것. 나는 가끔 공중에 떠 있는 관에서 잠들었고 깨지 않았는데, 아버지는 내 머리맡에 흩어진 구름 조각을 세탁기에 돌렸지. 실패한 조각은 표백해야 한다. 나는 세탁기 통에서 돌돌돌 깃털이 돌아가는 표백인. 아버지는 듬성듬성한 내 깃털 밑에서 죽음을 연습하지. 지난 일주일 동안 죽었다고 하지. 부드러운 광기가 베개 안에 스며들고. 나는 남은 깃털이 모두 빠졌지. 깃털은 역시 인공으로 만들어야 한다. 부드러운 소재로 광기를 꾸며야 한다. 나는 표백인. 깨끗하고 실패했지. 아버지가 공중에서 내민 인공 죽음……

작업실

너는 괜찮을 것 같다. 슬픈 마음은 언제나 시가 될 준비가 되어 있으니까.

너는 괜찮을 것 같다. 광인은 시 안에서 혼자 아름다워지니까.

너는 괜찮을 것 같다. 외로움도 폭력의 일부가 될 수 있으니까.

너는 괜찮을 것 같다. 인간을 낳은 이후 스스로를 용서하기 시작했으니까.

너는 괜찮을 것 같다. 인간이 아닌 자를 가르치고 있으니까.

너는 괜찮을 것 같다. 과거는 불태워져 신의 주머니 속에 들어가 있으니까.

너는 괜찮을 것 같다. 인간의 삶은 실패가 없다고 너 없는 바깥에서 말해주니까.

너는 괜찮을 것 같다. 절벽에 앉아 죽은 자의 영혼을 바라보고 있으니까.

너는 괜찮을 것 같다. 절벽에서 떨어져서 파토스가 필요 없어졌으니까.

너는 괜찮을 것 같다. 척추가 부러져서 고통이 사라졌으니까.

너는 괜찮을 것 같다. 바닥에 뭉개진 살점에서 우주의 무질서로 나아가니까.

너는 괜찮을 것 같다.

너는 괜찮을 것 같다.

광인 마그네틱

내 영혼은 사육장에 놓여 찢기고 있다 그게 인생이야

잃어가는 것들의 무심한 나열

고통을 가진 동물에게
도덕적 지위를 부여한 것은 누구였을까
척추동물이 고통의 감각에 능하지
하지만 무척추동물
문어는 너무 많은 고통이 발처럼 매달려 있다

서로에게 잔혹할 준비가 되어 있지
문어를 데치고 기름장을 그릇에 덜고
사랑하면서 훼손하면서 연민하면서
먹을 때도 있다

동물은 찢길 준비로 빛이 나
우리를 이끄는 것은 자신 아닌 것에 대한 공포
자신이라는 공포
폭력의 역사
아름다운 폭력의 종류들 그게 인생이야

생명은 화학적 기울기를 통해
안쪽으로만 질서를 만든다는데
삶은 문어를 씹다가 네가 묻는다

밖에 있는 광인들은 어떻게 하나요
쓰레기여도 좋으니 나를 봐줘요

나는 눈이 점점 멀고

밤마다 죽은 동물을 끌어안고 있다

사람 아닌 것을 가르치지 말아라

보이지 않는 동물이 지나가면서 나의 똥을 짓밟는다

발라드

너는 감정을 쌓아나간다. 빠르고 단단하게. 만나야 이별을 하는데 너는 이별부터 한다. 급하니까 이별부터 한다. 닭갈비를 먹으며 이별부터 한다. 거대한 세포 사이에서 한 줌도 안 되는 몸을 챙겨온 영혼이 있다. 덜 자란 몸에 악惡을 봉인한 자. 허약한 신체를 견디는 악의 실체. 너는 이별부터 하자고 양념장에 닭갈비 한 조각을 넣고 휘휘 젓는다. 포크로 꾹 눌러 찍는다. 한 조각보다 작은 너의 악. 닭갈비는 천천히 익어간다. 푸른빛이 도는 살점을 뒤집으며 너는 이별하자고 한다. 우리는 이제 만나기 시작했는데. 오늘 처음 만나서 가스 불을 켜고 살점을 올려놓기 시작했는데. 너는 한 점 입에 넣지도 않고 이별하자고 한다. 개웃겨. 어차피 모두가 웃기게 죽을 거라고 한다. 기억나지 않는 세계에서 너무 느리게 살았다고 한다. 잘게 찢긴 붉은 살점이 튀어 오르자 너는 이별하자고 한다. 춘천 닭갈비 앞치마를 벗고 벌떡 일어나서 이별하자고 한다. 라이터를 꽉 쥐고 이별하자고 한다. 철판 온도는 점점 높아진다. 너는 어깨에 들러붙어 있는 힘없는 악을 털어내고 이별하자고 한다. 닭갈비가 불타오르는 뜨거운 시간 속에서 너는 점점 사라지며 이별하자고 한다.

패키지

동굴 앞에서 그녀는 흉곽을 열고 기다렸다고 한다. 좁고 어두운 이 길을 걸어보자. 서로가 사랑한다고 믿으면서. 그는 손을 꽉 잡았다고 한다. 발이 쑥쑥 빠지는데. 이 흉곽 안에는 길이 없어. 그녀는 주검이 되었다고 한다. 죽음 이후를 어떻게 걷는 것일까. 그는 뼈를 밟고 서 있었다고 한다. 좁고 위태로워서 서로를 끌어안았다고 한다. 끌어안고 입속을 더듬고 녹아가는 알약을 서로의 안으로 깊숙이 넣어주었다고 한다. 약봉지가 부스럭거리고, 느린 음악처럼 서로의 위를 질질 흘러갔다고 한다. 함께 죽으려고 했어. 하지만 그녀는 흔적으로 남길 원했다고 한다. 그의 약이 되어 몸속에 묻혔다고 한다. 흉곽은 이미 도려내졌다고 한다. 그의 울음에 다 뜯겼다고 한다. 자신의 울음밖에 몰랐던 그는 자기가 그녀의 흉곽에 토하고 있는 것을 몰랐다고 한다. 그는 죽을 수가 없었다고 한다. 끝이 없는 바닥이어서 그녀가 계속 추락했다고 한다. 소멸하지 않고 미세한 흔적으로 천년만년을…….

미친 사람들 이야기구나. 그녀는 나를 보며 웃었다. 창밖에서는 파도가 들썩이고 광풍이 불고 있었다. 밤에는 바다가 안 보이지. 창 안과 밖은 어둠 안에 갇혀 있지. 심연에는 안팎이 없지. 그녀는 불을 끄고 나의 손을 꽉 잡았다. 밤의 홍곽 안에 있었다. 이렇게 어두운 곳으로 쫓겨나서 서로의 죽음을 바라보는 일. 아름다운 이야기 아닐까. 그녀는 나의 말에 손깍지를 끼었다. 과거는 잊자. 밤바다는 신비롭고 이곳은 폐허가 될 거야. 그녀는 힘을 주었고 내 손은 꺾여가고 있었다. 버려진 집 안에 있었다. 이곳의 홍곽은 열려 있고 우리는 끝없이 지하로 떨어졌다. 비명을 나눠 가지고 밑으로 흘렀다. 우리는 오늘 처음 만났다. 약국에서 약봉지 때문에 만났다. 모르는 사람과 폐허로 가는 일은 신비롭지. 바다의 흉곽은 심연. 우리는 버려진 방에서 서로에게 약을 먹여주었다. 각자 스마트폰으로 재난 영화를 보았다. 각자 술을 마시고 각자 토했다. 심연의 일부가 되는 일은 아름다웠다. 우리는 서로를 사랑하는 것처럼 굴었다. 행성과 행성이 부딪히면 우울이 생긴대. 그녀는 나의 손목을 꺾었다. 처음 보는 사람이 좋았다. 처음 보는 사람과 죽음 이후를 약속했다.

절멸

창문을 바라봅니다
세계는 온통 창문뿐

눈이 내리고
창문은 녹고

겨울의 한가운데로 들어서면
이상하죠
따뜻합니다

이 세계는 다정하고
다정하라고 합니다
세계의 한가운데는

녹은 창문

창문에 새겨진
이름도 녹고

미안해
이제 한가운데야
끝의 한가운데

양은 그런 편지를
녹아가는 창문 밑에서 썼습니다
나에게 보냈습니다

달력이 없다면
우리에게 계절은 없으니
언젠가부터
바깥 날씨는

텅 비어 있으니

양은 달력을 찢어
내 주머니에 넣어줍니다
이게 너의 계절이야

녹은 창문 안쪽에서
세계는 다정하고

이미 녹은
우리도 다정하고

목초지 여행

채찍질을 견뎌내는 힘으로 나를 증명해야 한다면 나는 충분해 검은 초원 진흙 바닥을 파헤치는 이야기 초원의 구덩이에 묻히는 이야기 이제 그런 시는 쓰지 않기로 했잖아

백색의 말 혼잣말 아무도 나에 대해 말하지 않아 나는 행복하다 이곳은 고요하고 너의 내부는 익어간다 가족은 늘어나기도 하고 줄기도 하지 불 곁에서 흰 짐승이 가느다랗게 울고 있다 모두가 집게를 들고 울음을 듣고 어깨를 밀치며 앞서 나가려고 한다 서로가 사랑으로 찢기는 것을 보고 모서리에 멈춰 선 나는 행복하다 모르는 사람끼리 뜨거운 차를 호호 불며 마시고 모르는 사람한테 할머니라고 불러본다 흰 가죽에서 고소한 냄새가 나는구나 천막 내부는 타들어간다 불타는 저장고 옆에서 나는 무엇에 대해 동질감을 가져야 할까 여행지 모르는 할머니

가죽을 벗겨내는 동안 너는 양동이에 붉은 피를 쏟고 모두가 서로의 얼굴을 누르고 앞서 먹으려고 한다 양동이에 빠져 허우적거린다 가족은 훼손되는 것이야 너는 붉은 양동이가 되어 바닥에 뒹군다 천막 모서리에 나는 있다 멀리서 나는 행복해 가족이 밤의 두께로 불어나는 동안 헛간에서 혼자 배낭을 베고 잠들었다 초원의 한낮 채찍 아래에서 흰 짐승이 쓰러졌고 나는 쓰러진 너의 얼굴을 보다가 나인가 싶어 이마를 만져보았는데 눈부신 태양의 채찍은 금빛으로 물들었고 흰 짐승이 이제 그런 시는 쓰지 않기로 했잖아 따뜻한 모서리가 있었으면 했는데 어디에나 내가 있었고 가장 가까운 사람이 꿈속에서 칼을 들었다 그는 울고 있었다 울면서 가축은 먹는 것이야 내 손등을 깊게 찍었는데 흰 짐승이

불타는 저장고에서 가쁜 숨을 쉬고 있다 이제

그런 시는 쓰지 말라고 아무도 말하지 않고 아무도
말할 수가 없으니 아무리 울어도 여행은 끝나지 않
고 초원은 너무 넓고 배낭 안은 파헤쳐졌고

문예창작

한 사람과 밤의 터널을 건너간다. 한 사람은 모르는 사람인데 왜 선생이라고 생각했을까. 무거운 배낭을 메고 한 사람은 내게 끌려왔다. 식은땀으로 우리의 손이 젖고.

산책은 끝나지 않아. 이 사람이 너무 무겁고, 배낭에 담아온 세계가 뜨겁고. 어디선가 타는 냄새가 난다. 나는 선생을 처음 본다. 빛나는 얼굴이 훼손되어 있으니 친구인가. 망가지면서 사랑하는 것, 우리의 언어.

한 사람은 계속 자신의 조각을 나에게 흘린다. 이제 나는 선생이라고 부를 만한 세계가 없는데,

파편이 옆구리에 박힌다. 좋은 상처가 가능할까.

나는 어디에서 통증이 시작되는지 몰라 공중을 더듬는다. 터널에서 한 사람이 희미하게 웃으며 나와 맞잡은 손을 흔든다. 내게 속삭인다. 이봐, 문학은 우리의 실수지만 그게 다는 아니야. 생명체는 복잡하고 우린 그걸 적을 문자가 없지.

대륙에는 수많은 터널이 있다. 매일 터널을 건너 학교를 갔더니 어느새 나는 쥐의 얼굴. 멈춘 지하철, 구겨진 체크무늬 셔츠, 부서진 철망, 눈이 먼 유기견, 끊어질 듯 이어지는 열선, 이름이 지워진 노트.

나는 여전히 그곳을 통과한다. 난간을 붙잡고, 끝나지 않는 그곳을.

한 사람이 곁에 있다. 선생, 곧 불태워질 노트가 나의 대륙인가. 점점 깊숙이 박히는 파편을 더듬으며 끝까지 기어가는 것이 흰쥐의 운명인가.

한 사람은 이제 말이 없다. 배낭을 내려놓는다. 나는 아무도 없는 난간에 서서 끝없는 바닥을 바라본다. 친밀한 어둠. 꽉 찬 어둠. 천천히 한 사람의 배낭을 연다. 한 사람과 친구가 될 뻔했어. 그런데 우리는 친구가 아니고,

심연에서 빛나는 것. 배낭 안에는 흰 붕대가 가득하다.

인간계

죽는 소설만 쓰던 천사가 있었다 천국에서 소설을 썼다 우연히 한번 쓰니 멈출 수가 없었다 매일 누군가 죽었다 청탁을 기다렸다 천국에서의 죽음은 개연성이 없다 절대자의 마음이지 바다에 빠져 물로 쓰느라 알아볼 수가 없었다 절대자가 있으니 되었다 사막에서 모래로 쓰느라 흩어졌다 불난 집에서 불로 쓰느라 뜨거운 종교가 되었다

천사는 코가 터졌다 이곳에도 피가 있구나 흐르는 피를 빨아먹었다 고통이 없으면 지옥이지 인간들은 모른다 고통이 그들의 양식인 걸 천사는 피주머니를 달고 있었다 피떡지고 있었다 어제가 없는 천국에서 어제 일이 일어났다 버려진 아이가 뒷골목에서 친구의 머리통을 짓밟는 것을 보았다 생존히스테리가 가득하구나 천사는 죽은 친구의 피를

받아 마셨다 자꾸만 인간이 되는 것 같았다

철학자들은 천국에 모여 있다 좋은 죽음을 선택했다 그들만의 생각이었다 들과 벤도 그랬다 이쯤에서 그만두자 더 이상 밝힐 게 없어 절대자는 상관없었다 원래 자신이라는 타인이 지옥이라고 한다 천사는 절대자의 발밑에서 소설을 썼다 고통을 사랑합니다 라고 썼다 옆구리에서 피가 터져 나왔다 천사는 피가 없는데 계속 썼다 생존은 인간의 일이 아닌데 천사는 인간에게 고통을 돌려주고 싶었다

엎드려 있었다 절대자는 하늘의 구멍을 열어주었다 천사는 추락했다 행복했다

누아르

빛과 바이러스는 같은 이름입니다 검은 병 흑사병 이후로 우리는 검은색을 숭배하기 시작했죠 공포는 사랑해버리면 그만이니까요 나는 태어날 때부터 검은 담즙을 흘렸습니다 끈끈한 액체에 온도는 없었습니다 재앙인 줄 몰랐죠 알 수 없는 슬픔이 차오를 때면 나는 기어서 온도를 찾아갔습니다 엄마 품속에는 빛이 있었고 두려움이 있었죠 나는 엄마의 이방인 검은 숲에서 헤매는 새끼 늑대 촘촘한 나무들 사이로 비치는 햇빛에 중독되었습니다 엄마는 내 검은 털을 깎았습니다 어둡기만 한 이곳에서 나가자 중얼거리던 엄마는 바닥에 쌓이는 털을 쓸어내며 울었습니다 나는 전염되었나요 빛에, 바이러스에…… 공포는 사랑하라고 오는 것이니까요 나는 누아르 영화의 주인공이 되어 비극을 관장합니다 흑사병보다 더 짙은 블랙 안에서 죽음의 목록을

고릅니다 긴 밧줄을 들고 나무 위로 기어 올라가는 나를 엄마가 끌어내렸습니다 검은 엄마는 바리캉을 들고 내 머리를 밀었죠 빛이 사라지고 검은 비가 내려 아팠습니다 검은 살이 떨어졌습니다 아무것도 나를 감싸지 않게 되었습니다 엄마는 덜덜 떨며 말했죠 빛을 향해 가자 숲에 남은 발자국을 삽으로 파헤치면서 엄마는 걸었습니다 삽이 헤집은 수많은 발자국 나는 뼈만 남은 채 엄마 등에 업혀 숲에서 나왔습니다 이 숲에는 얼마나 많은 새끼 늑대가 스스로를 처형하고 있을까요 투명한 얼음 배를 타고 북극으로 가면서 우리는 조금씩 흩어졌습니다 아무런 온도도 없이 심장도 없이 엄마 내가 흘린 검은 침들이 침엽수림에 잔뜩 고였어요 바이러스의 은신처 빛나는 나무

북쪽 경로

죽은 산양 브레케를 짊어지고
스티아나는 얼음 위를 걸어갑니다
잘 묻어주려고 하는데

얼음이 끝나질 않아요

투명한 심연을 깨서
잠든 브레케를 묻어줄까
그녀는 얼음 밑을 바라보며 혼잣말을 합니다

심연 밑에는 아무것도 없고

이곳에는 어둠도 없습니다
브레케는 죽어서도 빛 안에 있겠죠

어릴 적 흰 털을 깎으면서
스티아나는 양처럼 울었습니다
어설픈 칼날은 늘 안쪽을 향하고
피 묻은 양손을 보았던 겨울

빛 속에 너를 묻으면
미래에는 알게 될 거야
얼마나 많은 죽음이 빛을 덮어야만 했는지

양들을 끌어안고
얼마나 많은 털을 삼켜야 했는지
흰 울음을 들어야 했는지

자라는 키는 멈추지 않고

서로의 가죽을 뒤집어쓴 채 걸어갑니다
한파 때문에 가까워집니다
서로의 어둠이 따뜻합니다

이것이 지구인의 아름다움인 것을
미래의 빛은 알게 되겠지

스티아나는 털이 수북합니다
처음부터 그랬습니다

유령이 왔다

유령이다 유령이 왔다 유령이 머문다 유령이 스친다 유리 같은 유령이 스며든다 유리 안으로 유령이

할머니는 나보다 앞선 자 총을 만져봤니 총을 만지면 총으로 죽는다 할머니는 유리 안에서 웃는다 할머니는 산사람 구덩이를 파헤치고 총알을 숨긴 적도 있다 치마를 찢고 고쟁이를 펄럭이며 유리 밖을 넘나드는 재빠른 산사람 나보다 늘 앞선 자 살고 싶다고 할머니는 총을 들었다 나는 북쪽에서 멜랑꼴리하게 죽고 싶다고 총을 들 때

유령이라는 이름이 투명하고 순정하죠 김유령 씨 지리산 끝자락에 묻어둔 탄피는 얼마나 깊은 금속일까요 나는 산을 싫어한다 산에는 온통 유리가 가득하고 어딜 가나 산사람이 있으니 구덩이는 불멸

한다 어느 한밤 탄피 같은 비가 쏟아졌고 김유령 씨 김유령 씨 나도 모르게 부르고

무언가가 맞은편에서 보인다면, 바로 유령이 왔다 머문다 스친다 스며든다 유리 안과 뒤에서 칼을 들고 있던 북쪽의 사냥꾼들 산가시내야 산가시내야 합창을 하고 할머니는 고쟁이를 찢는다 총으로 죽어야지 앞선 자는 구덩이에서 걸어나온다 날카로운 금속이 유리를 깨뜨린다

나는 북쪽에서 검은 담즙을 흘리며 총으로 죽고 싶다고 사냥꾼들에게 말한다 이미 오래전에 넌 죽었다 칼끝으로 내 몸을 쿡쿡 찌르며 텅 빈 하체를 주무르며 사냥꾼들이 김유령 씨 김유령 씨 합창을 하고 할머니는 아무 대사 없이 총을 갈긴다 칠십 년 전

앞선 자

좋은 말만 하기 운동 본부

자신의 원고를 모두 불태우려다 비명횡사한 유령은 죽은 이후 처참해졌습니다. 모든 것이 파헤쳐졌죠. 무덤 위에 없는 턱을 괴고 앉아서 옆 무덤 유령과 한탄합니다. 죽음에도 실패가 있다면 바로 나야. 버린 원고까지 학술지에 실리다니, 살아 있으면 죽고 싶었을 거야. 유령이 없는 배를 잡고 웃습니다. 무슨 상관이야. 알게 뭐냐. 살아남은 자들만 가짜 신화를 만들며 고통받는 것이지. 유령들은 구분하지 않습니다. 살았을 때는 조용하게 지냈어요. 모든 것이 두려웠죠. 이제는 듣는 귀가 없습니다. 입 없이 말을 합니다. 자기 무덤이 있으니 부르주아 유령들은 쉴 수도 있고요. 버린 원고가 소멸하지 않았으니 후회도 합니다. 한 사람이 무거운 종이 상자를 짊어지고 묘지에 왔습니다. 소각장에서 불을 지릅니다. 돌로 된 무덤은 타지 않습니다. 언제나 추위에

시달리는 유령들은 뜨거운 온도를 좋아하죠. 불 속에서 나오지 않습니다. 좋은 말만 남겨. 그게 좋아. 자기 무덤 자리를 고르는 한 사람에게 유령들은 말을 겁니다. 시는 없어도 돼. 좋은 말이 좋아.

쓰리왕

타로를 보러 가서 왕을 세 장 뽑았다. 왕만 뽑았다.

살생부가 필요 없습니다. 그녀는 말했다. 의미 없는 살생부가 될 것입니다. 살수를 고용하지 않으셔도 됩니다. 당신은 왕국이 세 개입니다. 하지만 참고삼아 말씀드리자면 외국인 살수는 백오십만 원이면 됩니다. 필요하시면 연락 주세요. 그녀는 비장하게 덧붙였다. 하지만 불태워도 될 살생부입니다. 아버지부터 태우세요.

타로 안에는 왕이 네 명 있다. 무기력한 왕 하나가 있다. 그 왕은 카드 상자 안에서도 찾을 수가 없다. 나는 지배할 힘이 강한 왕만 세 장 뽑았다. 아버지가 네 명인 것이 완벽하다고 비틀스의 팬들은 말했다. 그 말을 듣고 현자는 바싹 다가왔다. 재미있는 이야기인데. 더 이야기해봐라. 허벅지 위에 손을 올렸다. 코케인에는 담배 연기가 자욱했다. 현자는 성이 현씨라 붙여진 이름이었다. 유리잔에 담긴 얼음 조각이 녹았다.

살생부에 너무 많은 이름을 적었다. 원래 왕은 모두가 적인 법이다.

타로를 보고 사주를 보았다. 쓰리왕이 모여 있으니 사주는 보나마나입니다. 그녀는 태블릿으로 자료를 넘기며 말했다. 나를 기억하지 못했다. 살수가 필요하세요? 사주를 보면 필요 없습니다. 그래도 이방인들은 많으니까요. 십 년 후 죽음의 고비를 넘기면 언제 죽을지 모르는, 생존이 끝나지 않는 사주입니다. 고통은 의미가 없습니다, 살수가 필요하세요?

왕은 일찍 죽는다. 오래 사는 왕은 귀신이다.

나는 결말이 마음에 들었다. 현자는 아무것도 모른다.

마지막 대화

〔s〕 프리드리히 니체는 만성 중증 우울증 환자였다

〔t〕 그래도 그 정도 산 건 다행

〔s〕 초인사상을 만들었다

〔t〕 루 살로메는 베들링턴테리어를 만지듯 그의 이마를 쓸어주다

〔s〕 어맛 개기름

〔t〕 개웃겨

〔s〕 니체는 초인사상을 만들었다

〔t〕 외롭고 작았다

〔s〕 그는 자신의 작은 발로

〔t〕 동네를 천천히 걸으며

〔t〕 이 삶이 영원히 끝나지 않을 것이라고,

〔s〕 고통이 반복될 것이라고 생각했다

〔t〕 개웃겨

〔s〕 한 번씩 개웃기다고 생각하며

〔t〕 채찍으로 말을 때리는 마부

〔s〕 그런데 그는 어떻게 서른 넘게 살았던 걸까

〔t〕 우울증의 백과사전을 완성하기 위해

〔t〕 56세까지 살았다

〔s〕 그는 울지도 못했다

〔s〕 내가 이래서 자살을 못 하지

〔t〕 이런 개소리를 쓰는 재미

〔s〕 다행이네

〔t〕 시의 일부인데?

〔s〕 아하 웃기다

〔t〕 어른들은 미워한다

〔s〕 몰라 내가 어른이야

〔t〕 그는 한국의 닥터일 뿐이고

〔s〕 너 이래서 되겠어?

〔t〕 님은 그래서 되겠어요?

〔s〕 전 이제 골프나 치고 고급차 끌고 다닐 거예요

〔t〕 님아…… 내가 두고 간 게 있어요……

〔s〕 당신의 심장

〔t〕 이 지하실에 있어요……

〔s〕 독일제 장미칼

〔t〕 수전 손택의 희곡에는 이런 장면이 있지

〔s〕 자살을 허락해주세요 아버지

광인 마그네틱

우리는 옥상에 있었다. 나란히 서서 누구를 먼저 밀 것인지 생각했다. 서로의 손을 어떻게 뿌리칠 것인지 생각했다. 너는 지금까지 불쌍함으로 나의 마음을 도려냈으니 이제는 그 조각을 가지고 떨어지렴. 나는 속삭였다. 너는 나에게 숙주라고 했다. 너는 광인의 마음을 내게 심었으니 몸을 버리고 떨어지렴. 아프지 않을 거야. 너는 손을 놓았다. 붉은빛이 뚝뚝 흘렀다. 우리는 끝에 서서 생각했다. 우리는 누구일까. 옥상에서 생각했다. 누가 누구를 밀어야 할지, 옥상은 왜 공중을 향해 점점 자라는지, 바닥이란 무엇인지

우리는 공중의 철가루 시간이 부서진 폐허에서 어디에 붙어야 하는 건지 우리는

생각했다. 옥상에서

어릴 때는 책상이 되어가는 놀이를 했다. 어른들이 화를 내며 막대기로 모서리를 내리치면 바닥이 한없이 깊어졌지. 우리는 떨어지면서 책상으로 변신했다. 사물이 되는 것은 매우 재미있었지. 안 그래? 사물은 아무리 파괴해도 아프지 않잖아. 옥탑방에서 공중과 바닥은 같은 것이잖아. 광인의 마음이면 어디든 끈적한 것. 우리에겐 시간도 존재하지 않으니 붉은빛에 젖은 조각들은 그저 얼룩일 뿐이야. 우리는

서로 끌어안았다. 옥상에서

밀었다. 밑으로

조지아의 언니

조지아의 언니는 루푸스라는 희귀병을 앓고 있다.

불치병은 좋다.

완치를 포기하니까.

언니는 열심히 살고 있어.

병은 언니의 친구처럼 극과 극을 왔다 갔다 하지.

조지아는 쿠키를 천천히 씹는다.

친구란 그렇지.

극과 극에서 죽음과 죽음 사이에서 매번 얼굴을 바꾸지.

오늘의 너는 다정하고, 내일의 너는 폭력적이지.

오늘의 말들에 위로받지 말자.

조지아는 아무도 없는 공원에 앉아 가끔 혼잣말을 한다.

시계 수리한 것은 언제 찾아야 할까.

운동도 하고 공부도 하고 산책도 하고……

우리는 미치도록 울지 않으니

언니가 다 나았다고 생각한다.

멍청아…… 뭐든지 점점 어려워진다.

조지아는 속말을 매번 겉으로 하는 재주가 있다.

모든 일기의 끝은 힘내자, 로 되어 있다.

완치를 꿈꾸지 않아.

친구처럼 다정과 폭력의 사이에서

시간과 도래할 시간의 사이에서

모든 평화는 깨질 테지만.

과거의 병보다 더 망가지는 일들은 가능하지.

언니는 너무 많은 말들을 남긴다. 루푸스의 현자처럼,

시간이여 제발 잘 가라. 잘게 쪼개진 쿠키처럼

조지아는 언니를 사랑한다.

없어졌으면 할 때가 있다.

버리는 습관을 사랑한다.

조지아는 거리 바깥으로 나와 운동을 한다.

주머니 수선을 맡기고 코트를 바꿔 입으려고 했는데

폭설이 시작된다. 코트는 무겁고

조지아는 흰 눈을 맞으며 점점 밑으로 꺼져 들어간다.

감사하려고 했는데 오늘도 내일도 감사하려고 했는데

조지아의 연보

조지아는 쇼윈도 바깥을 보고 있다

꿈을 꿀수록 비참해집니다

조지아는 미국 동부 시골 십대 소녀 이름 같다 조지아는 평일에 읍내에서 아르바이트를 한다 시내에는 사람이 없고 쇼윈도 밖으로는 구름이 지나간다 너무나 고요해서 안쪽에 있던 마네킹이 옆으로 이동한다 조지아도 함께 이동한다 평화로운 하루를 적막으로 망치겠구나 보는 사람 아무도 없지만

조지아는 마네킹과 마주 본 채로 자신의 목을 꽉 쥐어본다 마음이 편해진다 아무도 없어서 다행이라고 여긴다 마네킹을 끌어안는다 마음이 딱딱해지니 다행이라고 여긴다 조지아는 잘못 태어났다고 생각

한다 읍내에서 국밥을 먹고 자랐다 지나가던 멧돼지가 국밥 그릇에 얼굴을 파묻는 조지아를 볼 때도 있다 창문에 머리를 들이박을 때도 있다 모두에게 이제 자기 자리란 없다

창문 모서리가 깨져 있고 걸레는 딱딱하게 굳어 있다 오늘은 종일 유리만 닦다가 끝나겠구나 거리는 텅 비어 있고 조지아는 혼잣말을 한다 삶과 죽음을 비교할 기회가 없는 것에 안심한다 멧돼지처럼 깨진 창문에 머리를 박아본다 딱딱하구나 이마가 찢어진다 조지아는 미국 동부 시골 소녀 이름이다 아버지는 얼굴이 없고 누구도 본 적이 없다 아버지는 몸이 검고 죽음의 빛이다 아무도 모르게 4월 17일에 한 번 죽었다 나는, 중얼거리다가 조지아는

어두운 바깥을 보고 있다

비참해질수록 심장이 뛥니다

진짜루

맞은편 고기를 먹으려고 원형 탁자를 돌리며 A가 말한다. 기원전부터 비밀을 나누던 선지자들 사이에서 공통된 의견 하나가 있지. 우리는 아버지를 선택해서 태어난대. B는 포크를 내리찍으며 원형에 각을 만든다. 아버지를 선택한다니. 가장 심한 모욕이군. B가 마른침을 삼키며 찢어진 손가락을 꾹 누른다. 피가 번진다. 그는 온몸에 퍼지는 뜨거움 속에 갇혀 있다. 우리가 이 식사를 끝내지 못한 지가 얼마나 되었지. B는 너무 오랫동안 흘린 피 때문에 고개를 들 수가 없다. 아버지를 선택한 A는 병이 있다. 태어나면서부터 일부분이 붕괴했지. 가끔 사레들리고, 자판은 두들길 수 있지만 글씨는 쓸 수 없어. 맞은편 채소를 먹으려고 원형 탁자를 돌리는 B는 아버지가 없다. 아버지를 사야겠어. 찻잔을 들고 식당 안으로 들어온 아버지가 A의 머리에 손을 얹는다.

너의 모든 것은 아름답구나. 아버지는 A에게 한 손으로 식은 차를 따른다. 아버지는 생몰연대 이전에 A의 얼굴을 감싸 쥔 적이 있다. 내가 너 따위를 낳아서…… 이 세계를 끝내지 못했어…… A는 끝낼 수 없는 식사를 하는 중이다. A는 아버지를 선택하였다. 이미 사라진 선지자들은 그것이 공공연한 비밀이라고 소곤거렸지. 열기는 조용히 폭발한다. 맞은편 탁자가 불타오른다. 진짜루의 모든 요리는 웍이 한다. B가 원형의 머리에서 불을 흘린다.

페닌슐라의 쪽지

벽난로에 문장이 남아 있다.

불타고 나면 모욕이
사라질까.

영혼을 감싸는 것.
망가진 부위를 넓히는 것.
사랑하는 것.

내 친구 선교사

친구는 아프리카 남쪽을 가로질러 가고 있었습니다. 이곳은 아주 오래전에 바다였다고 하는데. 어떻게 이런 모래들 사이로 빠져나가버렸을까.

친구는 낡은 지프차 안에서 우기조차 사라진 알 수 없는 행성의 기후 안으로 들어가고 있는 자신을 붙잡았습니다. 휩쓸려 가면 안 돼. 친구는 폭염 속에서 자꾸만 잠이 들려고 합니다. 얼핏 흰 사막 위에 총을 든 검은 사내들이 움직이는 것을 본 것도 같은데.

친구는 고꾸라져 잠이 든 자신의 등을 일으켜 세우려고 안간힘을 씁니다. 붉은빛이 모래로 스며드는 것을 본 것도 같은데. 한쪽 손에는 아랍어로 쓰인 기도문을 꼭 쥐고 있었죠.

머리에 총구가 겨누어질 때 친구는 결국 쏟아지는 잠을 이기지 못하고 사막 너머의 기후 안으로 빨려 들어갔습니다. 너무 졸려서 묘지조차 가닿을 수가 없구나. 죽은 자들도 떠난 남쪽에서 그는 자신의 등을 덮을 방법을 알지 못했죠.

인간은 원래 악하지. 자신의 힘으로는 벗어날 수 없어. 우리는 손을 놓지 말자. 이 여행은 끝이 없구나. 친구는 네 개의 문장을 나에게 보냅니다. 마지막 기도문입니다.

오래전부터 기도할 때면 내 손을 꽉 잡고 놓지 않았던 친구. 그렇게 자신의 험하고 깊은 잠을 나에게 전달했습니다.

아무도 머물지 않는 땅에서 신은 자신의 등을 어떻게 덮었을까. 기도문이 핏빛으로 물들 때, 친구는 고아가 되었습니다.

웃어라

나는 나의 밖에 있습니다.

한동안 잠들어 있었습니다. 내가 창문 밖에서 나를 보며 웃고 있었습니다. 무서울까요? 빅토르 위고의 웃는 남자 같았지만, 무서울까요?

웃으면 좋은 일이다. 그것이 돌이 된 나의 신조입니다. 접촉으로 변화하고 마모된 추억은 잊힐 필요가 있습니다. 많은 내가 나를 접촉하고 접촉해서 불탔습니다. 재를 뒤집어쓴 돌이 되었습니다.

나는 한밤 놀이터 의자에 앉아 나를 바라봅니다. 놀이터는 인간 없이 억만년을 가두고 있습니다. 천천히 걸어가 그네를 탑니다. 나는 늘어나기도 하고 줄어들기도 합니다. 한쪽 줄이 떨어진 그네도 나를 웃게

합니다. 추락하는 것도 좋습니다. 아름답습니다.

미끄럼틀에서 돌을 굴립니다. 딱딱한 것이 부서지면서 내려올 때, 내가 나를 밀어냅니다. 하지만 이곳의 밖이 되는 것에 실패합니다. 그네가 웃고

외계에서 뒤를 돌아본 적 있습니다. 무서울까요? 나에게는 재능이 있습니다. 소멸하는 재능. 아무것도 아닌 것이 되는 재능. 놀이터에서 바람을 껴안고 바람 속을 구르고

아무도 없습니다.

식물 일기

신이 모든 문을 닫고 있다

나는 닫힌 문 앞에 서 있다

나는 나의 병에 익숙해지지 않는다

저물녘
화분을 들고

아무 이유 없이
길거리에서 갑자기 울게 된 사람

뿌리가 박혀
홀로 움직일 수 없는 사람

투명한 것이 병일까

우리는 이유 없이 태어나고
이유 없이 살아가지

화분 없는 꽃집은 없다

신은 병이 없고
나의 나무는 썩어간다

두부

겨울은 콩처럼 순하다는 말을 들었다 속살을 겉으로 내밀어 흰빛을 가두었다 그래서 두부를 먹는 것은 아니었다 겨울은 삶은 것을 좋아했다 식고 나면 단단해져서 좋았다 두부를 먹으면 마음을 먹는 것 같았다 자신을 잊는 것이 좋았다 매일 지루하고 지루해서 영원토록 이어지는 것을 생각했다

PIN

046

아무것도 안 한다

이영주

에세이

아무것도 안 한다

반려伴侶

반려. 짝이 되는 존재. 단어의 뜻은 그러한데, 남편을 반려남, 이라고 하면 이상한 기분이 든다. 반려, 일상에서 흔히 쓰일 때는 인간의 의미가 아닌 것 같다. 반려에 인간을 뒤에 붙여서 합성명사로 만들면 '반려 인간'. 애완 인간이나 애완남하고 비슷한 기분이 든다. 애완은 확실히 동물이나 물건을 두고 하는 말이니 위계상 인간이 꼭대기에 있는 개념이고, 반려는 인간을 대상으로 배우자 혹은 반려자,

라고도 하니 최대한 동등한 위치를 품고 있는 개념이겠다.

반려동물

그런데 반려 뒤에 동물이 붙었을 때, 식물이 붙었을 때 우리는 매우 윤리적인 인간이 된 것 같다. 다른 건 몰라도 내가 키우는 반려동물 혹은 반려 식물이 동등한 존재라는 것을 선언하는 셈이니까. 그러면 우리는 흡족하다. 내가 반려 존재를 반려동물이라고 부르고 그에 맞게 사랑하는 것이 윤리적인 일 중 하나가 된다. 생각해보면 반려 존재는 내가 감사해야 하는 존재다. 나의 외로움이 따뜻해지는 느낌, 내가 혼자가 아니라는 느낌, 돌봄을 통해 나라는 의미를 확인받는 느낌, 인간보다 아름다운 존재가 내 옆에 있다는 기쁨. 나의 존재 가치가 빛나는 느낌.

인간인 내게 '반려'이니까 인간 바깥에 반려 존재가 위치한다. 타자에 위치한다. 반려 존재의 입장에서도 인간은 타자이다. 반려동물은 타자인 인간의 손길에 자신의 생명이 걸려 있다.

그들이 인간의 울타리를 벗어나 자유를 즐기러 뛰쳐나간 적도 있을 것이다. 그런데 그것도 꽤 오래 전 일이 아니었을까. 그들은 이제 자유 의지로 들개나 길고양이가 될 수 없게 되었다. 인간의 영역 안에서 살아가는 일이 운명이 되었다. 가축이 되거나 반려동물이 되거나 할 수밖에 없게 되었다.

하지만 아파트나 주택단지 뒷산에는 수많은 들개가 산다. 오래된 골목에는 수많은 길고양이가 돌아다니고 있다. 대부분 유기견이고 유기묘이다. 고양이는 번식력이 빨라서 유기묘 한두 마리가 몇십 마리로 늘어나기도 하는데, 모두 어둠 속에 있다. 자동차 밑에 혹은 폐건물에 하수도 등에. 도시에는 많은 빛이 있고 많은 어둠이 있다. 빛과 어둠은 시간을 가로질러 도시의 구조가 된다. 형태가 된다. 어둠의 위치가 그들의 처소가 된다.

우리끼리는 털아이들, 이라고 부른다. 행복하자,

털아이들. 행복한 견생, 행복한 묘생이 되자. 무지개다리 건너갈 때 행복했다고 내게 말해줘. 그럼 내 마음이 덜 아플 것 같아. SNS에서 이런 이야기들이 종종 보인다. 그들이 말은 못 하지만 행복했다고 그래서 떠나가는 순간조차 아름다웠노라고 내게 말해줘. 고요하게 눈을 감았고 순정한 마음으로 무지개다리를 건너갔다고, 우리끼리 말한다. 반려동물의 생각은 알 수 없지만 우리끼리 알고 있다. 그들이 얼마나 아름다웠는지를.

어릴 때 시골 할머니 집에서 대형견을 잠깐 키운 적이 있다. 품종은 기억나지 않는다. 가끔 보는 강아지였고 갈 때마다 너무 많이 자라 있어서 늘 낯설었다. 하지만 마당에서 클 아이는 아닌 듯했다. 이국적인 풍모가 그랬다. 할머니는 누군가가 키워달라고 했고, 너무 귀찮은데 어쩔 수 없이 밥을 주고 있다고 했다. 평생 논일 밭일에 치여서 허리를 펼 수 없는 할머니. 피로한 표정. 진심이었던 것 같다.

강아지는 매우 더러웠다. 시간이 지날수록 은빛

털이 까매졌다. 그래도 아름다웠다. 나는 가까이 다가가지 못하고 한 발짝 떨어져서 강아지에게 말을 걸었다. 내가 강아지야, 강아지야 말을 건넬 때마다 둔중한 목소리로 짖었는데 할머니는 그럴 때면 내 등짝을 때렸다. 아이고 야야 자꾸 부르지 마라! 동네 시끄럽다!

지금 생각해보면 너무나 당연한 결과가 아니었을까. 시골 친척들에게 강아지는 가축일 뿐이다. 닭과 돼지, 소와 같다. 그저 하는 역할이 조금 달랐을 뿐. 대형견은 얼마 지나지 않아 사라졌다.

한여름, 동네 슈퍼에 친척 언니랑 심부름 갔다가 돌아오면서 보았다. 웃통을 벗은 이모부가 그 아이를 나무에 거꾸로 매달고 야구방망이로 마구 때리고 있었다. 동네 시끄럽게 그 아이는 비명을 질렀다. 친척 언니는 들고 있던 막걸리 봉지를 던져버리고 내 눈을 감쌌다. 하지만 나는 다 보았다. 눈을 가린 상태였지만 비명은 사라지지 않았다.

많은 개량종이 길거리를 활보한다. 목줄에 매여

서. 귀엽다. 사랑스럽다. 저 목줄이 풀리면 어떻게 될까. 대형견이 아니라면 모두가 그저 평화로운 걸까. 산책하다가 최소형견이 혹시나 내 발에 차일까 싶어 더욱 조심한다. 이렇게나 작은 강아지가 있다니. 강아지 인형보다 더 작은 애들도 있다. 작고 더 작고 더 더 작게. 나중에는 주머니에 넣고 다닐 수 있게. 척추동물이지만 곤충의 크기만큼 작아진다면 인간은 가뿐하고 즐겁겠지. 장식품처럼 작고 아주 작은 강아지를 주머니에 넣고 행복해하겠지. 이렇게나 작은 강아지를 원하는 인간이 있어서 품종을 개량한 것이다. 품종을 개량해놓았더니 이렇게 작고 작은 강아지를 입양한 것이다. 무엇이 먼저인지 뭐가 중요한가. 최소형견은 점점 더 늘어나고 있다. 나는 가끔 무섭다.

반려동물을 키우지 않는 나는 내 곁을 스쳐 지나가는 그 동물들을 넋 놓고 바라본다. 너무 사랑스러워서 시선을 뗄 수가 없다. 어쩌다 반려동물의 마스터(?)에게 허락을 구하고 만져보기도 한다. 그들의 털과 체온이 내 심장을 따뜻하게 데운다. 나의 애정

어린 찬사를 받으면 마스터들은 행복해한다. 우리 아이가 저 사람에게 사랑받는군. 우리 아이가 예쁘고 귀엽군. 입양 잘 했군. 매우 자랑스럽군.

인간을 좋아하는 반려동물. 착한 비인간.

나의 반려자는 모기를 제외하고 벌레마저도 죽이지 않는 사람이다. 종이를 바닥에 대고 벌레를 살짝 들어 바깥으로 내보낸다. 그는 내가 동영상으로 착한 비인간을 구경할 때마다 불편한 기색을 숨기지 않는다. 너무 오래 들여다보고 있으면 그만 보라고 한다. 밖에서 상처받은 일이 있을 때마다 동물 동영상을 오래 보는 것, 나의 유일한 긍정 힐링은 어떤 존재를 대상화하는 것이라고 첨언한다.

나는 굳이 반려동물을 키우자고 하지 않지만, 그 사랑스러움을 내 곁에 두고 싶어질 때가 있다. 그는 한 존재를 네 입맛대로 대상화하는 스스로를 견딜 수 있겠냐고 한다. 그 존재가 너를 실망시키거나 너의 일상을 방해할 때 괜찮겠냐고 한다. 그럴 때 그 존재를 타자화하고, 부릴 수 있는 대상으로, 네 욕망대로 억압을 가하는 것에 대해 괜찮겠냐고 한다. 그는 너무 예민해. 현대인은 어차피 그렇게 되었잖아. 반려동물만 그럴까? 나는 속으로 중얼거린다. 그러다가 나는 인간의 이기심으로 꽉 차서 이렇게 대답한다. 괜찮아! 어쩌다 한두 번일 테지!

우리 동네 천변은 반려동물 천국이다. 병목현상이 일어나고 산책길이 막힌다. 인간도 많고 반려동물도 많다. 내가 키우지 않아도 다들 키우고 있다. 그들 중 처음에는 뭣도 모르고 공장에서 입양해오기도 하지만 깊이 반성하고 유기견 유기묘 구하기 운동을 실천하기도 한다. 나는 그들을 응원한다. 반려동물 문화를 바로잡는 일이 더 중요하다.

이제 원론적인 이야기를 하기에는 늦었다. 자연을 그대로 두자, 는 말은 현실성이 떨어진다. 우리는 이미 자연을 파괴했고 과하게 이용하고 있으며 결과적으로 자연을 적으로 돌렸다. 품종 개량이라니. 누구를 위해서?라는 질문도 힘이 없다. 씨앗도 개량하고 인공지능으로 로봇도 만드는데 털아이들의 품종 개량만 비윤리적인가.

스티븐 핑거가 말했다. 척추동물은 고통을 느낀다. 고통을 느끼는 존재는 대상화되어서는 안 된다. 후배 시인도 말했다. 식물은 괜찮다고. 잎을 떼어내거나 물을 너무 많이 주거나 햇빛을 안 쐬어주어서 죽게 되더라도 고통이 없다고. 우리는 더 많은 것을 죽이고 있지 않느냐고.

차라리 집중할 것은 착한 비인간으로 그들을 거듭나게 하는 일인가. 폭력적 죽음으로부터 보호하기 위해 그들을 인간적 사회화를 시켜야 하는 일인가. 털아이들 특유의 사랑스러움도 유지하게 하고 교육도 잘 받게 하고 외로울 때 힘이 되어주도록 하고 밥도 잘 먹고 똥도 정해진 위치에 점잖게 싸야만 해. 털아이들을 위해 돈을 벌어야 하니까 자본주의의 모순도 견뎌야 하고. 그게 우리가 서로 얽혀 있는 모순인가.

야생은 자연이다. 자연의 얼굴이 우리를 위협한다고 느낀다. 하지만 스스로 존재하는 힘, 자연은 의도를 가지고 우리를 위협하지 않는다. 그냥 존재할 뿐이다. 털아이들도 우리가 괴롭히지 않으면 별다른 일이 없기도 할 것이다. 간혹 예외는 있겠지만, 이미 일어났던 사건을 다시 추적해보면 늘 인간이 문제였다.

이제 개량된 자연은 우리 곁에서 더욱 큰 소비상품으로 힘을 낼 것이다. 매번 나도 반려동물을 입양할까 고민할 것이다. 인간 종족이 유지되는 것이 싫어서 아이도 안 낳고 있는 나는 반려동물에 대한 환상을 못 버릴 것이다. 내 영역에 반드시 생명이 있어야만 할까. 그것이 왜 중요할까. 나의 존재만으로 삶의 의미와 가치를 못 얻기 때문일까. 인간은 왜 존재에 의미를 더하려고 몸부림일까.

태어나서 죽어가는 일이 자연이라고 한다. 태어났다는 사실 자체로 행복했던 적은 단 한 번도 없었다. 죽음을 사랑하는 것도 아니다. 내게 태어남과 죽음은 상태이다. 자연은 행불행의 영역이 아니다. 행불행은 그저 인간의 언어 영역일 뿐.

내가 최대한 무언가를 덜 하는 것. 자동차도 비행기도 에어컨도 덜 사용하는 것. 반려동물 들이지 않기가 그것의 연장이라고 말하면 너무 좁은 이야기가 될 것이다. 생명은 무제한의 지평이니.

나는 그저 산만한 생각들을 할 뿐이다. 털아이들을 보러 친구 집에 놀러 가고 싶다. 그들의 체온을 느끼고 부드러운 털을 쓰다듬고 싶다. 나는 잘 모르겠다. 반려동물이라는 것, 인간의 생활 영역에서 동물이 함께한다는 것, 그것이 뭘까. 고통받는 유기견 유기묘들을 구하는 분들이 우리의 죄를 씻어주는 걸까.

아무 반려동물도 없는 삶. 무엇을 하지 않는 삶. 나의 꿈.

좋은 말만 하기 운동 본부

지은이 이영주
펴낸이 김영정

초판 1쇄 펴낸날 2023년 5월 25일

펴낸곳 (주)현대문학
등록번호 제1-452호
주소 06532 서울시 서초구 신반포로 321(잠원동, 미래엔)
전화 02-2017-0280
팩스 02-516-5433
홈페이지 www.hdmh.co.kr

ISBN 979-11-6790-198-9 04810
ISBN 979-11-6790-138-5 (세트)

* 책값은 뒤표지에 있습니다.

현대문학 핀 시리즈 시인선

001	박상순	밤이, 밤이, 밤이
002	이장욱	동물입니다 무엇일까요
003	이기성	사라진 재의 아이
004	김경후	어느 새벽, 나는 리어왕이었지
005	유계영	이제는 순수를 말할 수 있을 것 같다
006	양안다	작은 미래의 책
007	김행숙	1914년
008	오 은	왼손은 마음이 아파
009	임승유	그 밖의 어떤 것
010	이 원	나는 나의 다정한 얼룩말
011	강성은	별일 없습니다 이따금 눈이 내리고요
012	김기택	울음소리만 놔두고 개는 어디로 갔나
013	이제니	있지도 않은 문장은 아름답고
014	황유원	이 왕관이 나는 마음에 드네
015	안희연	밤이라고 부르는 것들 속에는
016	김상혁	슬픔 비슷한 것은 눈물이 되지 않는 시간
017	백은선	아무도 기억하지 못하는 장면들로 만들어진 필름
018	신용목	나의 끝 거창
019	황인숙	아무 날이나 저녁때
020	박정대	불란서 고아의 지도
021	김이듬	마르지 않은 티셔츠를 입고
022	박연준	밤, 비, 뱀
023	문보영	배틀그라운드
024	정다연	내가 내 심장을 느끼게 될지도 모르니까
025	김언희	GG
026	이영광	깨끗하게 더러워지지 않는다
027	신영배	물모자를 선물할게요
028	서윤후	소소소小小小
029	임솔아	겟패킹
030	안미옥	힌트 없음
031	황성희	가차 없는 나의 촉법소녀
032	정우신	홍콩 정원
033	김 현	낮의 해변에서 혼자
034	배수연	쥐와 굴
035	이소호	불온하고 불완전한 편지
036	박소란	있다